Francisco de Quevedo y Villegas

El alguacil endemoniado

Barcelona 2024
Linkgua-ediciones.com

Créditos

Título original: El alguacil endemoniado.

© 2024, Red ediciones S.L.

e-mail: info@Linkgua-ediciones.com

Diseño de cubierta: Michel Mallard.

ISBN rústica ilustrada: 978-84-9816-738-2.
ISBN ebook: 978-84-9897-765-3.

Sumario

Brevísima presentación

La vida

Francisco de Quevedo y Villegas (Madrid, 1580-Villanueva de los Infantes, Ciudad Real, 1645). España.

Hijo de Pedro Gómez de Quevedo, noble y secretario de una hija de Carlos V y de la reina Ana de Austria. Francisco de Quevedo estudió con los jesuitas en Madrid, y luego en las universidades de Alcalá (lenguas clásicas y modernas) y Valladolid (teología). Tras su regreso a Madrid tuvo la protección del duque de Osuna, con quien viajó a Sicilia en 1613.

Osuna fue nombrado virrey de Nápoles y Quevedo ocupó su secretaría de hacienda y participó en misiones políticas contra Venecia promovidas por su protector. Cuando éste cayó en desgracia Quevedo sufrió destierro y prisión, pero regresó a la corte tras la muerte de Felipe III. Durante años tuvo buenas relaciones con Felipe IV, aunque no consiguió ganarse la simpatía de su favorito, el conde-duque de Olivares. Se especula que dejó bajo la servilleta del monarca el memorial contra Olivares titulado «Católica, sacra, real Majestad», lo que motivó su detención en 1639. Se cree, en cambio, que terminó en un calabozo del convento de San Marcos de León, donde estuvo hasta 1643, víctima de una conspiración.

Murió en Villanueva de los Infantes.

Al conde de Lemos, presidente de Indias

Bien sé que a los ojos de V. Excelencia es más endemoniado el autor que el sujeto; si lo fuere también el discurso habré dado lo que se esperaba de mis pocas letras, que amparadas, como dueño, de V. Excelencia y su grandeza, despreciarán cualquier temor. Ofrézcole este discurso del alguacil endemoniado (aunque fuera mejor y más propriamente, a los diablos mismos): recíbale V. Excelencia con la humanidad que me hace merced, así yo vea en su casa la succesión que tanta nobleza y méritos piden.

Esté advertida V. Excelencia que los seis géneros de demonios que cuentan los supersticiosos y los hechiceros (los cuales por esta orden divide Pselo en el capítulo once del libro de los demonios) son los mismos que las órdenes en que se destribuyen los alguaciles malos. Los primeros llaman leliurios, que quiere decir ígneos; los segundos aéreos; los terceros terrenos; los cuartos acuáticos; los quintos subterráneos, los sextos lucífugos, que huyen de la luz. Los ígneos son los criminales que a sangre y fuego persiguen los hombres; los aéreos son los soplones que dan viento; ácueos son los porteros que prenden por si vació o no vació sin decir «¡agua va!», fuera de tiempo, y son ácueos con ser casi todos borrachos y vinosos; terrenos son los civiles que a puras comisiones y ejecuciones destruyen la tierra; lucífugos los rondadores que huyen de la luz, debiendo la luz huir dellos; los subterráneos, que están debajo de tierra, son los escudriñadores de vidas y fiscales de honras, y levantadores de falsos testimonios, que de bajo de tierra sacan qué acusar, y andan siempre desenterrando los muertos y enterrando los vivos.

Al pío lector

Y si fuéredes cruel y no pío, perdona, que este epíteto, natural del pollo, has heredado de Eneas. Y en agradecimiento de que te hago cortesía en no llamarte benigno lector, advierte que hay tres géneros de hombres en el mundo: los unos que, por hallarse ignorantes, no escriben, y estos merecen disculpa por haber callado y alabanza por haberse conocido; otros que no comunican lo que saben: a estos se les ha de tener lástima de la condición y envidia del ingenio, pidiendo a Dios que les perdone lo pasado y les enmiende lo por venir; los últimos no escriben de miedo de las malas lenguas: estos merecen reprehensión, pues si la obra llega a manos de hombres sabios, no saben decir mal de nadie; si de ignorantes, ¿cómo pueden decir mal, sabiendo que si lo dicen de lo malo lo dicen de sí mismos, y si del bueno no importa, que ya saben todos que no lo entienden? Esta razón me animó a escribir el sueño del Juicio y me permitió osadía para publicar este discurso. Si le quisieres leer, léele, y si no, déjale, que no hay pena para quien no le leyere. Si le empezares a leer y te enfadare, en tu mano está con que tenga fin donde te fuere enfadoso. Solo he querido advertirte en la primera hoja que este papel es sola una reprehensión de malos ministros de justicia, guardando el decoro que se debe a muchos que hay loables por virtud y nobleza; poniendo todo lo que en él hay debajo la corrección de la Iglesia Romana y ministros de buenas costumbres.

Discurso

Fue el caso que entré en San Pedro a buscar al licenciado Calabrés, clérigo de bonete de tres altos hecho a modo de medio celemín, orillo por ceñidor y no muy apretado, puños de Corinto, asomo de camisa por cuello, rosario en mano, disciplina en cinto, zapato grande y de ramplón y oreja sorda, habla entre penitente y disciplinante, derribado el cuello al hombro como el buen tirador que apunta al blanco, mayormente si es blanco de México o de Segovia, los ojos bajos y muy clavados en el suelo, como el que cudicioso busca en él cuartos, y los pensamientos tiples, color a partes hendida y a partes quebrada, tardón en la mesa y abreviador en la misa, gran cazador de diablos, tanto que sustentaba el cuerpo a puros espíritus. Entendíasele de ensalmar, haciendo al bendecir unas cruces mayores que las de los malcasados. Traía en la capa remiendos sobre sano, hacía del desaliño santidad, contaba revelaciones, y si se descuidaban a creerle, hacía milagros. ¿Qué me canso? Este, señor, era uno de los que Cristo llamó sepulcros hermosos por de fuera, blanqueados y llenos de molduras, y por de dentro pudrición y gusanos, fingiendo en lo exterior honestidad, siendo en lo interior del alma disoluto y de muy ancha y rasgada conciencia. Era, en buen romance, hipócrita, embeleco vivo, mentira con alma y fábula con voz. Halléle en la sacristía solo con un hombre que atadas las manos en el cíngulo y puesta la estola descompuestamente, daba voces con frenéticos movimientos.

—¿Qué es esto? —le pregunté espantado.

Respondióme:

—Un hombre endemoniado —y al punto, el espíritu que en él tiranizaba la posesión a Dios, respondió:

—No es hombre, sino alguacil. Mirad cómo habláis, que en la pregunta del uno y en la respuesta del otro se vee que sabéis poco. Y se ha de advertir que los diablos en los alguaciles estamos por fuerza y de mala gana; por lo cual, si queréis acertar, debéis llamarme a mí demonio enaguacilado, y no a éste alguacil endemoniado. Y avenísos tanto mejor los hombres con nosotros que con ellos cuanto no se puede encarecer, pues nosotros huimos de la cruz y ellos la toman por instrumento para hacer mal. ¿Quién podrá negar que demonios y alguaciles no tenemos un mismo oficio, pues bien mirado nosotros procuramos condenar y los alguaciles también; nosotros que haya vicios y pecados en el mundo, y los alguaciles lo desean y procuran con más ahínco, porque ellos lo han menester para su sustento y nosotros para nuestra compañía. Y es mucho más de culpar este oficio en los alguaciles que en nosotros, pues ellos hacen mal a hombres como ellos y a los de su género, y nosotros no, que somos ángeles, aunque sin gracia. Fuera desto, los demonios lo fuimos por querer ser más que Dios y los alguaciles son alguaciles por querer ser menos que todos. Así que por demás te cansas, padre, en poner reliquias a este, pues no hay santo que si entra en sus manos no quede para ellas. Persuádete que el alguacil y nosotros todos somos de una orden, sino que los alguaciles son diablos calzados y nosotros diablos recoletos, que hacemos áspera vida en el infierno.

Admiráronme las sutilezas del diablo. Enojóse Calabrés, revolvió sus conjuros, quísole enmudecer, y al echarle agua bendita a cuestas comenzó a huir y a dar voces, diciendo:

—Clérigo, cata que no hace estos sentimientos el alguacil por la parte de bendita, sino por ser agua. No hay cosa que tanto aborrezcan, pues en su nombre (se llama alguacil) es encajada una l enmedio, y porque acabéis de conocer quién son y cuán poco tienen de cristianos, advertid que de pocos nombres que del tiempo de los moros quedaron en España, llamándose ellos merinos, le han dejado por llamarse alguaciles (que alguacil es palabra morisca), y hacen bien, que conviene el nombre con la vida y ella con sus hechos.

—Eso es muy insolente cosa oírlo —dijo furioso mi licenciado—, y si le damos licencia a este enredador, dirá otras mil bellaquerías y mucho mal de la justicia porque corrige el mundo y le quita, con su temor y diligencia, las almas que tiene negociadas.

—No lo hago por eso —replicó el diablo—, sino porque ése es tu enemigo que es de tu oficio. Y ten lástima de mí y sácame del cuerpo deste alguacil, que soy demonio de prendas y calidad, y perderé dempués mucho en el infierno por haber estado acá con malas compañías.

—Yo te echaré hoy fuera —dijo Calabrés— de lástima de ese hombre que aporreas por momentos y maltratas, que tus culpas no merecen piedad ni tu obstinación es capaz della.

—Pídeme albricias —respondió el diablo— si me sacas hoy. Y advierte que estos golpes que le doy y lo que le aporreo, no es sino que yo y su alma venimos acá sobre quién ha de estar en mejor lugar y andamos a «más diablo es él».

Acabó esto con una gran risada; corrióse mi bueno de conjurador y determinóse a enmudecerle. Yo, que había comenzado a gustar de las sutilezas del diablo, le pedí que, pues estábamos solos y él como mi confesor sabía mis cosas secretas y yo como amigo las suyas, que le dejase hablar, apremiándole solo a que no maltratase el cuerpo del alguacil. Hízose así, y al punto dijo:

—Donde hay poetas, parientes tenemos en corte los diablos, y todos nos lo debéis por lo que en el infierno os sufrimos, que habéis hallado tan fácil modo de condenaros que hierve todo él en poetas y hemos hecho una ensancha a su cuartel; y son tantos que compiten en los votos y elecciones con los escribanos. Y no hay cosa tan graciosa como el primer año de noviciado de un poeta en penas, porque hay quien le lleva de acá cartas de favor para ministros, y créese que ha de topar con Radamanto y pregunta por el Cerbero y Aqueronte y no puede creer sino que se los esconden.

—¿Qué géneros de penas les dan a los poetas? —repliqué yo.

—Muchas —dijo— y propias. Unos se atormentan oyendo las obras de otros, y a los más es la pena el limpiarlos. Hay poeta que tiene mil años de infierno y aún no acaba de leer unas endechillas a los celos. Otros verás en otra parte aporrearse y darse de tizonazos sobre si dirá faz o cara. Cuál, para hallar un consonante, no hay cerco en el infierno que no haya rodado mordiéndose las uñas. Mas los que peor lo pasan y más mal lugar tienen son los poetas de comedias, por las muchas reinas que han hecho, las infantas de Bretaña que han deshonrado, los casamientos desiguales que han hecho en los fines de las comedias y los palos que han dado a muchos hombres honrados por acabar los entremeses. Mas es de advertir que los poetas de comedias no están entre los demás, sino que, por cuanto tratan de hacer enredos y marañas, se ponen entre los procuradores y solicitadores, gente que solo trata deso. Y en el infierno están todos aposentados con tal orden, que un artillero que bajó allá el otro día, queriendo que le pusiesen entre la gente de guerra, como al preguntarle del oficio que había tenido dijese que hacer tiros en el mundo, fue remitido al cuartel de los escribanos, pues son los que hacen tiros en el mundo. Un sastre, porque dijo que había vivido de cortar de vestir, fue aposentado en los maldicientes. Un ciego, que quiso encajarse con los poetas, fue llevado a los enamorados, por serlo todos. Otro que dijo: «Yo enterraba difuntos», fue acomodado con los pasteleros. Los que venían por el camino de los locos ponemos con los astrólogos, y a los por mentecatos con los alquimistas. Uno vino por unas muertes y está con los médicos. Los mercaderes, que se condenan por vender, están con Judas. Los malos ministros, por lo que han tomado, alojan con el mal ladrón. Los necios están con los verdugos. Y un aguador que dijo que había vendido agua fría, fue llevado con los taberneros. Llegó un mohatrero tres días ha, y dijo que él se condenaba por haber vendido gato por liebre, y pusímoslo de pies con los venteros, que dan lo mismo. Al fin todo el infierno está repartido en partes con esta cuenta y razón.

—Oíte decir antes de los enamorados, y por ser cosa que a mí me toca, gustaría saber si hay muchos.

—Mancha es la de los enamorados —respondió— que lo toma todo, porque todos lo son de sí mismos; algunos de sus dineros; otros de sus palabras; otros de sus obras; y algunos de las mujeres, y destos postreros hay menos que todos en el infierno, porque las mujeres son tales que con ruindades, con malos tratos y peores correspondencias, les dan ocasiones de arrepentimiento cada día a los hombres. Como digo, hay pocos destos, pero buenos y de entretenimiento, si allá cupiera. Algunos hay que en celos y esperanzas amortajados y en deseos, se van por la posta al infierno, sin saber cómo ni cuándo ni de qué manera. Hay amantes lacayuelos, que arden llenos de cintas; otros crinitos como cometas, llenos de cabellos; y otros que en los billetes solos que llevan de sus damas ahorran veinte años de leña a la fábrica de la casa, abrasándose lardeados en ellos. Son de ver los que han querido doncellas, enamorados de doncellas con las bocas abiertas y las manos extendidas: destos unos se condenan por tocar sin tocar pieza, hechos bufones de los otros, siempre en víspera del contento sin tener jamás el día y con solo el título de pretendientes; otros se condenan por el beso, como Judas, brujuleando siempre los gustos sin poderlos descubrir. Detrás destos, en una mazmorra, están los adúlteros: estos son los que mejor viven y peor lo pasan, pues otros les sustentan la cabalgadura y ellos lo gozan.

—Gente es esta —dije yo— cuyos agravios y favores todos son de una manera.

—Abajo, en un apartado muy sucio lleno de mondaduras de rastro (quiero decir cuernos) están los que acá llamamos cornudos; gente que aun en el infierno no pierde la paciencia, que como la llevan hecha a prueba de la mala mujer que han tenido, ninguna cosa los espanta. Tras ellos están los que se enamoran de viejas, con cadenas; que los diablos, de hombres de tan mal gusto, aún no pensamos que estamos seguros, y si no estuviesen con prisiones Barrabás aún no tendría bien guardadas las asentaderas dellos, y tales como somos les parecemos blancos y rubios. Lo primero que con estos se hace es condenarles la lujuria y su herramienta a perpetua cárcel. Mas dejando estos, os quiero decir que estamos muy sentidos de los potajes que hacéis de nosotros, pintándonos con garra sin ser aguiluchos; con colas, habiendo diablos rabones; con cuernos, no siendo casados; y mal barbados siempre, habiendo diablos de nosotros que podemos ser ermitaños y corregidores. Remediad esto, que poco ha que fue Jerónimo Bosco allá, y preguntándole por qué había hecho tantos guisados de nosotros en sus sueños, dijo: «Porque no había creído nunca que había demonios de veras». Lo otro, y lo que más sentimos, es que hablando comúnmente soléis decir: «¡Miren el diablo del sastre!», o «¡Diablo es el sastrecillo!». ¿A sastres nos comparáis, que damos leña con ellos al infierno y aun nos hacemos de rogar para recibirlos, que si no es la póliza de quinientos nunca hacemos recibo, por no malvezarnos y que ellos no aleguen posesión «Quoniam consuetudo est altera lex», y como tienen posesión en el hurtar y quebrantar las fiestas, fundan agravio si no les abrimos las puertas grandes, como si fuesen de casa. También nos quejamos de que no hay cosa, por mala que sea, que no la deis al diablo, y en enfadándoos algo, luego decís: «¡Pues el diablo te lleve!». Pues advertid que son más los que se van allá que los que traemos, que no de todo hacemos caso. Dais al diablo un mal trapillo y no le toma el diablo, porque hay algún mal trapillo que no le tomará el diablo; dais al diablo un italiano y no le toma el diablo, porque hay italiano que tomará al diablo. Y advertid que las más veces dais al diablo lo que él ya se tiene, digo, nos tenemos.

—¿Hay reyes en el infierno? —le pregunté yo, y satisfizo a mi duda diciendo:

—Todo el infierno es figuras, y hay muchos, porque el poder, libertad y mando les hace sacar a las virtudes de su medio y llegan los vicios a su extremo, y viéndose en la suma reverencia de sus vasallos y con la grandeza opuestos a dioses, quieren valer punto menos y parecerlo; y tienen muchos caminos para condenarse y muchos que los ayudan, porque uno se condena por la crueldad, y matando y destruyendo es una grandeza coronada de vicios de sus vasallos y suyos y una peste real de sus reinos; otros se pierden por la cudicia, haciendo amazonas sus villas y ciudades a fuerza de grandes pechos que en vez de criar desustancian; y otros se van al infierno por terceras personas, y se condenan por poderes, fiándose de infames ministros. Y es gusto verles penar, porque como bozales en trabajos, se les dobla el dolor con cualquier cosa. Solo tienen bueno los reyes que, como es gente honrada, nunca vienen solos, sino con pinta de dos o tres privados, y a veces va el encaje y se traen todo el reino tras sí, pues todos se gobiernan por ellos. Dichosos vosotros, españoles, que sin merecerlo sois vasallos y gobernados por un rey tan vigilante y católico, a cuya imitación os vais al cielo (y esto si hacéis buenas obras, y no entendáis por ellas palacios sumptuosos, que estos a Dios son enfadosos, pues vemos nació en Betlén en un portal destruido), no cual otros malos reyes que se van al infierno por el camino real, y los mercaderes por el de la plata.

—¿Quién te mete ahora con los mercaderes? —dijo Calabrés.

—Manjar es que nos tiene ya empalagados a los diablos, y ahítos, y aun los vomitamos. Vienen allá a millares, condenándose en castellano y en guarismo. Y habéis de saber que en España los misterios de las cuentas de los ginoveses son dolorosos para los millones que vienen de las Indias y que los cañones de sus plumas son de batería contra las bolsas, y no hay renta que si la cogen en medio el Tajo de sus plumas y el Jarama de su tinta no la ahoguen. Y en fin, han hecho entre nosotros sospechoso este nombre de asientos, que como significan otra cosa que me corro de nombrarla, no sabemos cuándo hablan a lo negociante o cuando a lo deshonesto. Hombre destos ha ido al infierno, que viendo la leña y fuego que se gasta, ha querido hacer estanque de la lumbre, y otro quiso arrendar los tormentos, pareciéndole que ganara con ellos mucho. Estos tenemos allá junto a los jueces que acá los permitieron.

—Luego ¿algunos jueces hay allá?

—¡Pues no! —dijo el espíritu—. Los jueces son nuestros faisanes, nuestros platos regalados, y la simiente que más provecho y fruto nos da a los diablos, porque de cada juez que sembramos cogemos seis procuradores, dos relatores, cuatro escribanos, cinco letrados y cinco mil negociantes, y esto cada día. De cada escribano cogemos veinte oficiales; de cada oficial treinta alguaciles; de cada alguacil diez corchetes; y si el año es fértil de trampas, no hay trojes en el infierno donde recoger el fruto de un mal ministro.

—¿También querrás decir que no hay justicia en la tierra, rebelde a Dios, y sujeta a sus ministros?

—¡Y cómo que no hay justicia! ¿Pues no has sabido lo de Astrea, que es la justicia, cuando huyendo de la tierra se subió al cielo? Pues por si no lo sabes te lo quiero contar. Vinieron la Verdad y la Justicia a la tierra; la una no halló comodidad por desnuda, ni la otra por rigurosa. Anduvieron mucho tiempo ansí, hasta que la Verdad, de puro necesitada, asentó con un mudo. La Justicia, desacomodada, anduvo por la tierra rogando a todos, y viendo que no hacían caso della y que le usurpaban su nombre para honrar tiranías, determinó volverse huyendo al cielo. Salióse de las grandes ciudades y cortes y fuese a las aldeas de villanos, donde por algunos días, escondida en su pobreza, fue hospedada de la Simplicidad, hasta que invió contra ella requisitorias la Malicia. Huyó entonces de todo punto y fue de casa en casa pidiendo que la recogiesen. Preguntaban todos quién era, y ella, que no sabe mentir, decía que la Justicia; respondíanle todos:

—¿Justicia y por mi casa? Vaya por otra.

Y ansí no estuvo en ninguna. Subióse al cielo y apenas dejó acá pisadas. Los hombres, que esto vieron, bautizaron con su nombre algunas varas que, fuera de las cruces, arden algunas muy bien allá, y acá solo tienen nombre de justicia ellas y los que las traen, porque hay muchos destos en quien la vara hurta más que el ladrón con ganzúa y llave falsa y escala. Y habéis de advertir que la cudicia de los hombres ha hecho instrumento para hurtar todas sus partes, sentidos y potencias que Dios les dio las unas para vivir y las otras para vivir bien. ¿No hurta la honra de la doncella, con la voluntad, el enamorado? ¿No hurta con el entendimiento el letrado que le da malo y torcido a la ley? ¿No hurta con la memoria el representante que nos lleva el tiempo? ¿No hurta el amor con los ojos, el discreto con la boca, el poderoso con los brazos (pues no medra quien no tiene los suyos), el valiente con las manos, el músico con los dedos, el gitano y cicatero con las uñas, el médico con la muerte, el boticario con la salud, el astrólogo con el cielo? Y al fin, cada uno hurta con una parte o con otra. Solo el alguacil hurta con todo el cuerpo, pues acecha con los ojos, sigue con los pies, ase con las manos y atestigua con la boca; y al fin son tales los alguaciles que dellos y de nosotros defiende a los hombres la santa Iglesia Romana.

—Espántome —dije yo— de ver que entre los ladrones no has metido a las mujeres, pues son de casa.

—No me las nombres —respondió—, que nos tienen enfadados y cansados, y a no haber tantas allá, no era muy mala la habitación del infierno. Diéramos, para que enviúdaramos, en el infierno, mucho, que como se urden enredos, y ellas, desde que murió Medusa la hechicera, no platican otro, temo no haya alguna tan atrevida que quiera probar su habilidad con alguno de nosotros, por ver si sabrá dos puntos más. Aunque sola una cosa tienen buena las condenadas, por la cual se puede tratar con ellas: que como están desesperadas no piden nada.

—¿De cuáles se condenan más, feas o hermosas?

—Feas —dijo al instante— seis veces más, porque los pecados para cometerlos no es menester más que admitirlos, y las hermosas, que hallan tantos que las satisfagan el apetito carnal, hártanse y arrepiéntense, pero las feas, como no hallan nadie, allá se nos van en ayunas y con la misma hambre rogando a los hombres, y después que se usan ojinegras y cariaguileñas, hierve el infierno en blancas y rubias y en viejas más que en todo, que de envidia de las mozas, obstinadas, expiran gruñiendo. El otro día llevé yo una de setenta años que comía barro y hacía ejercicio para remediar las opilaciones y se quejaba de dolor de muelas porque pensasen que las tenía, y con tener ya amortajadas las sienes con la sábana blanca de sus canas y arada la frente, huía de los ratones y traía galas, pensando agradarnos a nosotros. Pusímosla allá, por tormento, al lado de un lindo destos que se van allá con zapatos blancos y de puntillas, informados de que es tierra seca y sin lodos.

—En todo eso estoy bien —le dije—; solo querría saber si hay en el infierno muchos pobres.

—¿Qué es pobres? —replicó.

—El hombre —dije yo— que no tiene nada de cuanto tiene el mundo.

—¡Hablara yo para mañana! —dijo el diablo—. Si lo que condena a los hombres es lo que tienen del mundo, y esos no tienen nada, ¿cómo se condenan? Por acá los libros nos tienen en blanco. Y no os espantéis, porque aun diablos les faltan a los pobres; y a veces más diablos sois unos para otros que nosotros mismos. ¿Hay diablo como un adulador, como un envidioso, como un amigo falso y como una mala compañía? Pues todos estos le faltan al pobre, que no le adulan, ni le envidian, ni tiene amigo malo ni bueno, ni le acompaña nadie. Estos son los que verdaderamente viven bien y mueren mejor. ¿Cuál de vosotros sabe estimar el tiempo y poner precio al día, sabiendo que todo lo que pasó lo tiene la muerte en su poder, y gobierna lo presente y aguarda todo lo porvenir, como todos ellos?

—Cuando el diablo predica, el mundo se acaba. ¿Pues cómo, siendo tú padre de la mentira —dijo Calabrés—, dices cosas que bastan a convertir una piedra?

—¿Cómo? —respondió—; por haceros mal y que no podáis decir que faltó quien os lo dijese. Y adviértase que en vuestros ojos veo muchas lágrimas de tristeza y pocas de arrepentimiento, y de las más se deben las gracias al pecado que os harta o cansa, y no a la voluntad que por malo le aborresca.

—Mientes —dijo Calabrés—, que muchos santos y santas hay hoy; y ahora veo que en todo cuanto has dicho has mentido; y en pena saldrás hoy deste hombre.

Usó de sus exorcismos y, sin poder yo con él, le apremió a que callase. Y si un diablo por sí es malo, mudo es peor que diablo.

Vuestra Excelencia con curiosa atención mire esto y no mire a quien lo dijo; que Herodes profetizó, y por la boca de una sierpe de piedra sale un caño de agua, en la quijada de un león hay miel, y el psalmo dice que a veces recebimos salud de nuestros enemigos y de mano de aquellos que nos aborrecen.

Fin del Alguacil endemoniado.

Libros a la carta

A la carta es un servicio especializado para
empresas,
librerías,
bibliotecas,
editoriales
y centros de enseñanza;
y permite confeccionar libros que, por su formato y concepción, sirven a los propósitos más específicos de estas instituciones.

Las empresas nos encargan ediciones personalizadas para marketing editorial o para regalos institucionales. Y los interesados solicitan, a título personal, ediciones antiguas, o no disponibles en el mercado; y las acompañan con notas y comentarios críticos.

Las ediciones tienen como apoyo un libro de estilo con todo tipo de referencias sobre los criterios de tratamiento tipográfico aplicados a nuestros libros que puede ser consultado en Linkgua-ediciones.com.

Linkgua edita por encargo diferentes versiones de una misma obra con distintos tratamientos ortotipográficos (actualizaciones de carácter divulgativo de un clásico, o versiones estrictamente fieles a la edición original de referencia).

Este servicio de ediciones a la carta le permitirá, si usted se dedica a la enseñanza, tener una forma de hacer pública su interpretación de un texto y, sobre una versión digitalizada «base», usted podrá introducir interpretaciones del texto fuente. Es un tópico que los profesores denuncien en clase los desmanes de una edición, o vayan comentando errores de interpretación de un texto y esta es una solución útil a esa necesidad del mundo académico.

Asimismo publicamos de manera sistemática, en un mismo catálogo, tesis doctorales y actas de congresos académicos, que son distribuidas a través de nuestra Web.

El servicio de «libros a la carta» funciona de dos formas.

1. Tenemos un fondo de libros digitalizados que usted puede personalizar en tiradas de al menos cinco ejemplares. Estas personalizaciones pueden ser de todo tipo: añadir notas de clase para uso de un grupo de estudiantes, introducir logos corporativos para uso con fines de marketing empresarial, etc. etc.

2. Buscamos libros descatalogados de otras editoriales y los reeditamos en tiradas cortas a petición de un cliente.